Pour Jean-Christophe

Pour Isobel
With love   Josiane
(octobre 2010)

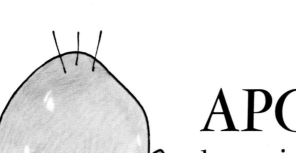

APOUTSIAK
le petit flocon de neige

HISTOIRE ESQUIMAU

RACONTÉE ET ILLUSTRÉE

PAR PAUL·ÉMILE VICTOR

ALBUMS DU PÈRE CASTOR • FLAMMARION

© Flammarion 1948. Imprimé en France
ISBN:978-2-0816-0334-9 — ISSN 0768-2646

VOICI la maman d'Apoutsiak. Elle porte son bébé dans le capuchon de sa vareuse. Ce qu'elle a sur la tête est tout simplement son chignon. Tu peux voir que les Esquimaux vivent dans un pays de montagnes, au bord de la mer. Sur la mer flottent de beaux icebergs, qui sont d'énormes morceaux de glace. Au dos de la couverture, sur la carte, tu verras que ce pays s'appelle le Groenland.

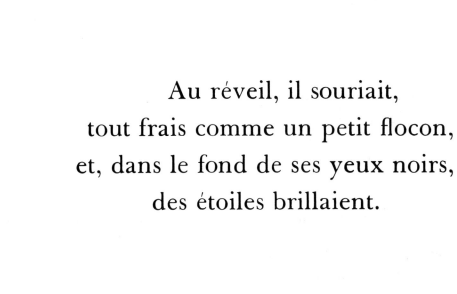

IL s'appelait Apoutsiak, le petit-flocon-de-neige.
Il était rond, doré et beau.
Bien au chaud
dans le dos de sa mère, il dormait.

Au réveil, il souriait,
tout frais comme un petit flocon,
et, dans le fond de ses yeux noirs,
des étoiles brillaient.

Jamais il ne pleurait.
Tout juste s'il réclamait à boire.
Il tétait les yeux fermés
et, du bout de ses doigts, caressait le cou de sa mère.

Quand il avait bien bu
et que son petit ventre rond
chantait de bien-être,
il jouait.

Il tirait les moustaches des phoques
que son père
ramenait de la chasse,
ou tendait ses mains
vers la flamme
de la lampe.

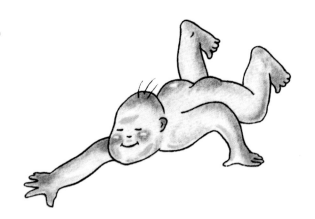

CECI est un phoque que le papa d'Apoutsiak a tué à la chasse. Ses nageoires sont cousues ensemble pour éviter qu'elles freinent en traînant dans l'eau quand le papa d'Apoutsiak le remorque derrière son kayak.

QUANT à ça, c'est une lampe esquimau avec, dedans, des morceaux de graisse de phoque qui donnent de l'huile.

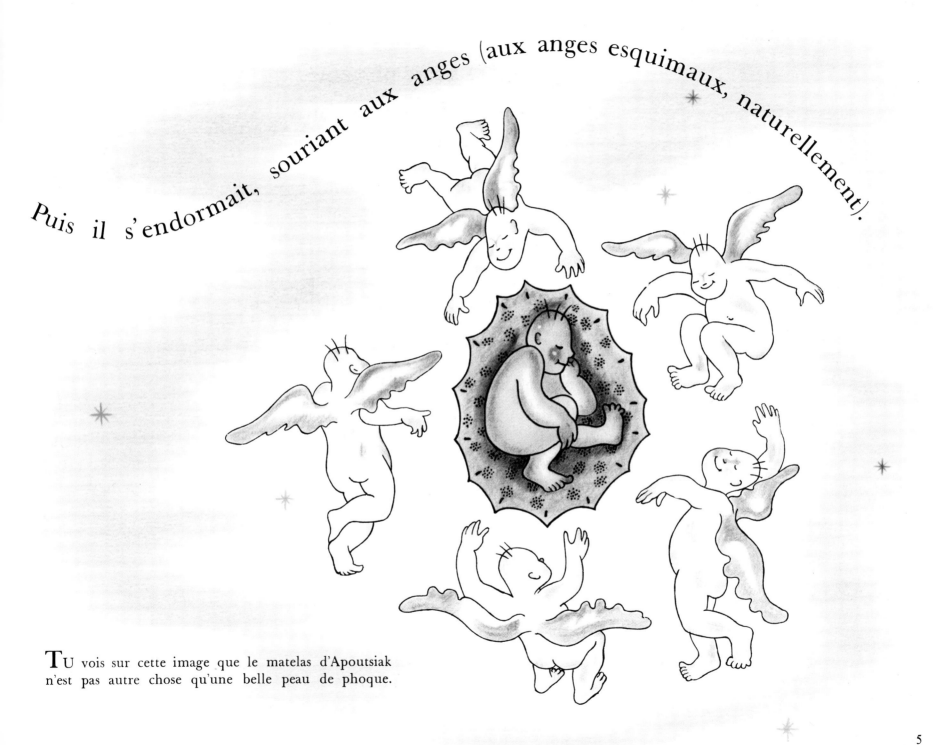

Puis il s'endormait, souriant aux anges (aux anges esquimaux, naturellement).

TU vois sur cette image que le matelas d'Apoutsiak n'est pas autre chose qu'une belle peau de phoque.

A cinq ans, Petit-flocon-de-neige mangeait comme un ogre.

De toutes ses petites dents
il mordait dans la viande
que sa mère lui donnait.

VOICI un coin de la grande hutte de pierre où toute la famille d'Apoutsiak vit en hiver. La maman d'Apoutsiak vient de faire cuire de la viande de phoque sur la lampe à huile.

Apoutsiak et sa maman sont accroupis sur une plate-forme de bois qui leur sert tantôt de table, tantôt de lit. Au-dessus d'eux, une peau de phoque sèche, tendue sur un cadre.

Parfois
elle le laissait,
avec son couteau
à lame ronde,
couper
la viande de phoque
ou d'ours
au ras de son nez.

SUR cette image, la maman d'Apoutsiak est en train de dépecer un phoque pour préparer le dîner. Elle enlève la peau avec son couteau à lame ronde. Il sert à tout ce couteau : à faire les parts de nourriture, à gratter les peaux avant de les tanner, à couper le fil à coudre, etc...

Sous la peau du phoque, il y a une épaisse couche de graisse, qui servira à faire de l'huile pour les lampes. Remarque aussi le récipient de bois : il est incrusté de petits morceaux d'os taillés en forme de phoque.

Puis, dehors, il jouait
avec ses frères et sœurs
et ses cousins et cousines.

Dans la neige,
ils glissaient

sur le fond de leur pantalon

ou sur une
peau de phoque.

Quand,
fatigué par tant d'air frais,
il sentait ses yeux
plus lourds,
et plus lourds,
encore plus lourds,
bien sagement il s'endormait
sur une peau d'ours,
en souriant
au marchand de sable

(au marchand de sable
esquimau,
évidemment !).

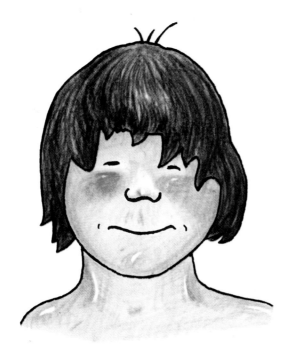

D'année en année il grandissait.

En été,
c'est l'hiver qu'il attendait
et les jeux dans la maison.

En hiver,
c'est l'été qu'il espérait,
et le soleil, et l'eau
dans laquelle il pataugerait...

VOICI l'intérieur de la hutte dans laquelle Apoutsiak et sa nombreuse famille vivent en hiver. Elle est construite de pierre et de mottes d'herbe.

Dehors, il fait nuit et froid, et la mer est couverte de glace et la terre de neige.

Apoutsiak, c'est le petit garçon que tu vois de dos et qui fouille dans un seau. Avec un gobelet, il cherche à en retirer de l'eau à boire. Pour avoir de l'eau, les Esquimaux font fondre de la neige à la chaleur de leur maison. Grâce aux lampes à huile, il y fait si bon que chacun se met torse nu.

Au plafond de la hutte sont accrochés des séchoirs d'où pendent toutes sortes de choses : des bottes et des gants, des morceaux de viande, des vêtements. Les zigzags noirs sont des intestins de phoque dans lesquels sèche du sang. Les Esquimaux adorent ça...

Par terre, sur les dalles qui forment le sol de la hutte, près d'Apoutsiak, il y a une poupée esquimau sans bras ni jambes.

Dans les pots et les bassins, sur les tables et par terre, il y a de la viande cuite, de la viande crue, de la graisse de phoque, et toute cette nourriture attire les chiens, que la maman d'Apoutsiak chasse à coups de pied.

Car, comme tous les enfants c

onde, c'est ce qu'il n'avait pas qu'il désirait.

A dix ans,
Petit-flocon-de-neige
était déjà
un grand flocon...

je veux dire
un grand garçon.

GRIMPÉ sur la hutte couverte
de neige, Apoutsiak regarde le
traîneau de son papa qui vient
de rentrer de la chasse. Sur le
traîneau, il y a un phoque. Et sur
les montants arrière, est enroulé
le fouet (il a plus de 5 mètres de
long) dont on ne se sert que pour
corriger les chiens désobéissants.

Il n'avait plus peur
de rien,
ni des hommes
ni des chiens.

Cette image représente un Esquimau qui a mis un masque taillé
dans du bois « pour effrayer les enfants ». Aurais-tu peur, toi, d'un tel
masque ? En tous cas, les enfants
esquimaux en ont généralement peur ;
mais pas Apoutsiak...

13

Il avait un couteau et même un beau harpon de bois

qu'il lançait dans l'eau

dans un arc-en-ciel de gouttes.

LES Esquimaux ont des harpons de toutes sortes : pour chasser le phoque, pour chasser l'ours (de véritables lances, ceux-là...), et même des harpons pour chasser les oiseaux !
Ce qu'Apoutsiak tient dans la main droite est un « propulseur » qui permet de lancer le harpon plus fort et par conséquent plus loin.

Et même un vrai traîneau, un vrai fouet, un vrai chien,

LE traîneau d'Apoutsiak a été spéciale-
ment construit pour lui par son papa.
Quant au fouet, Apoutsiak ne s'en sert
que pour rire...

avec lesquels il jouait sur la glace.

Pour laisser la place
à ses petites sœurs
et à ses petits frères,
il ne dormait plus
près de sa bonne mère.
Il dormait
près de la fenêtre,
avec les grands.

LA maman d'Apoutsiak dort avec les deux petits
frères et la petite sœur d'Apoutsiak dans les bras.
Il fait nuit. La lampe est éteinte. Dans le seau, il
y a un morceau de glace qui, en fondant, donne de
l'eau à boire. Et sur le séchoir sèchent des bottes
et des gants à deux pouces (quand ils sont usés d'un
côté, on peut les retourner de l'autre...)

Quand il avait bien joué,
il racontait
à ses sœurs
et à ses frères
de merveilleuses
histoires de chasse
(de chasse esquimau,
bien entendu !).

APOUTSIAK est en train de raconter une histoire qu'il a imaginée. Il raconte comment il chasse l'ours blanc rien qu'avec un petit couteau.
Cette histoire n'est pas tout à fait fausse : il y avait autrefois des esquimaux qui chassaient l'ours comme ça ! Les ronds dans la patte de l'ours, c'est sa paume.

A vingt ans, Petit-flocon-de-neige
était déjà un homme,
un vrai,
avec une femme
qu'il aimait bien,

et un bébé
qu'on avait appelé
Apoutsiagayik,
le Tout-petit-flocon-de-neige.

Le bébé est assis dans l'herbe (car il y a de l'herbe
au Groenland en été, quand la neige a fondu). Tu peux
voir qu'il y pousse aussi des pissenlits. Le petit tas de
baies noires, ce sont des myrtilles. Dans le ciel passe un
vol de gros oiseaux qui s'appellent des eiders. C'est
avec le duvet d'eider que l'on fait les « eiderdons »...
autrement dit édredons.

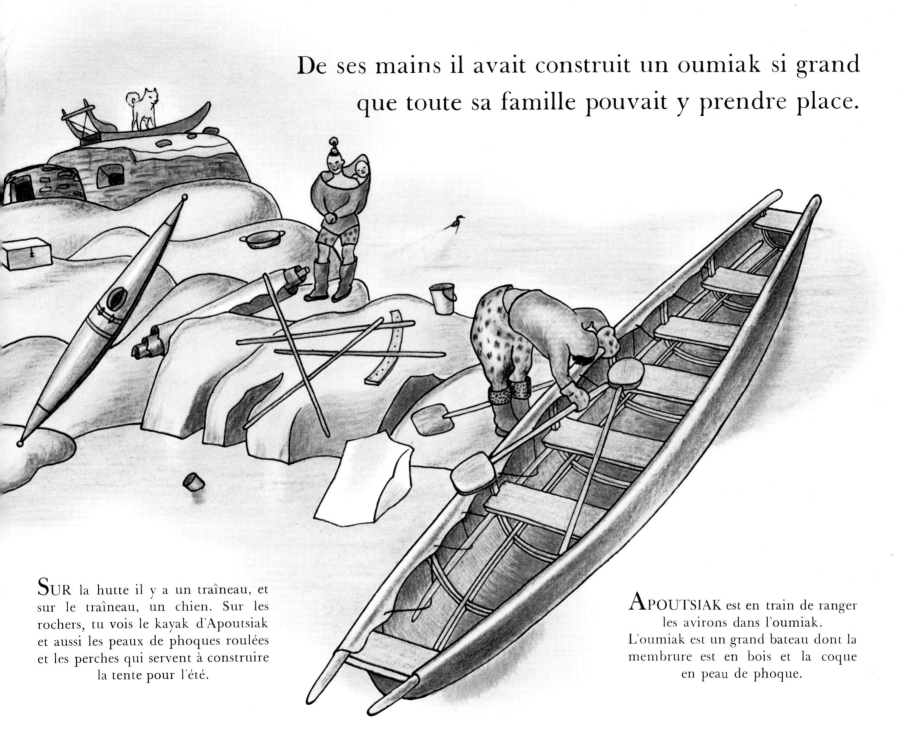

De ses mains il avait construit un oumiak si grand
que toute sa famille pouvait y prendre place.

Sur la hutte il y a un traîneau, et sur le traîneau, un chien. Sur les rochers, tu vois le kayak d'Apoutsiak et aussi les peaux de phoques roulées et les perches qui servent à construire la tente pour l'été.

Apoutsiak est en train de ranger les avirons dans l'oumiak. L'oumiak est un grand bateau dont la membrure est en bois et la coque en peau de phoque.

Avec toute sa famille, ses garçons et ses filles, ses neveux et ses nièces, ses sacs et ses caisses.

L'HIVER est fini, il n'y a plus de glace sur la mer. Le beau voyage d'été commence. Apoutsiak emmène dans son oumiak tout ce qui lui appartient.

A l'arrière de l'oumiak, un des frères d'Apoutsiak tient le gouvernail. Il s'appuie contre un rouleau de peaux de phoques qu'Apoutsiak ira échanger au comptoir danois contre des chandails de laine, du tissu, du riz, du sucre.

il partait, l'été venu, vers de nouveaux terrains de chasse.

LORSQUE la nuit vient, on vide l'oumiak de tout son contenu, on le retourne, et il sert d'abri. A travers les peaux qui forment l'oumiak, vois-tu la lumière de la lampe à huile allumée et l'ombre de la femme d'Apoutsiak ?

Apoutsiak était un fameux chasseur.

Son kayak

était le plus beau,

ses harpons

les plus solides,

ses chiens

les plus rapides.

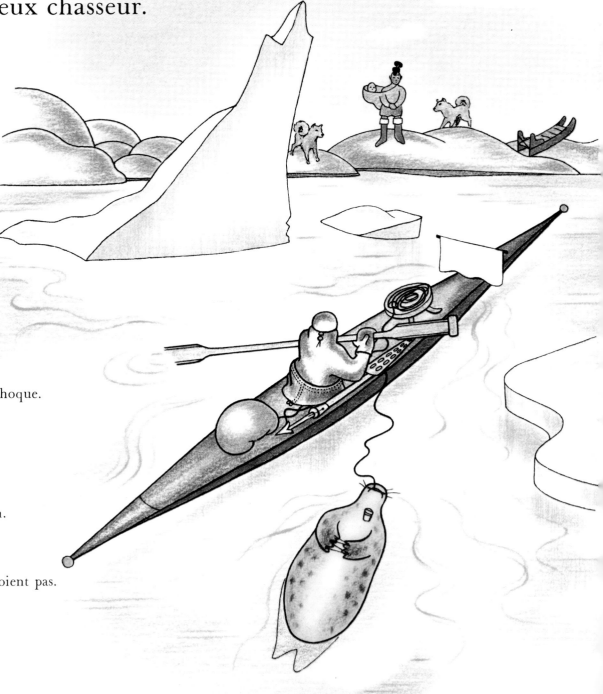

APOUTSIAK est assis dans son kayak.
Il revient de la chasse
et ramène un phoque qu'il a harponné.
Il est habillé d'un vêtement en peau de phoque.
Son harpon est posé à côté de lui.
La boule jaune est un flotteur
qui empêche le phoque de se sauver
une fois qu'il est harponné.
Devant Apoutsiak, il y a un petit trépied
sur lequel est enroulée la courroie
qui relie le flotteur à la pointe du harpon.
Et tout à fait à l'avant du kayak,
il y a un écran blanc
derrière lequel Apoutsiak se cache
pour que les animaux qu'il chasse ne le voient pas.
Dans ses mains, il tient la pagaie
avec laquelle il fait avancer le kayak.

Et quand le soir venait,
bien fatigué,
il s'endormait
et rêvait
de chasse à l'ours

(à l'ours blanc, évidemment!).

CACHÉ derrière l'écran de tissu blanc monté sur son fusil, Apoutsiak attend le bon moment pour tirer. A droite, il y a des corbeaux, qui accompagnent toujours les ours (ils mangent ce que les ours leur laissent).

Dans le ciel, tu peux voir cinq soleils. C'est un phénomène qui s'appelle « parhélie ». Le vrai soleil est au milieu. Les quatre autres sont des images qui se forment très rarement, et seulement quand l'air a une consistance particulière.

A droite, en bas du des-
sin, tu vois la tente dans
laquelle la famille habite
en été. Près de la tente,
une chienne donne à téter
à deux chiots qui viennent
de naître. A gauche, sur
une perche, des saumons
sèchent. Sous des pierres,
près du chien, il y a un
phoque que l'on conserve
pour l'hiver.

Sur le fjord, un grand
iceberg est venu s'arrêter,
car son pied touche le fond.

(Il n'y a personne sur
ce dessin, parce que tout
le monde est allé cueillir
des myrtilles de l'autre côté
de l'eau).

L'été suivait l'hiver et l'hiver l'été. Les années passaient.

ET ici, sur le fjord gelé (car c'est maintenant l'hiver), tu retrouves le même iceberg dont un morceau s'est écroulé.

A la place des saumons, une peau d'ours sèche.

Un des fils d'Apoutsiak vient de rentrer de la chasse avec un phoque; Apoutsiak le suit. Derrière la hutte, la femme d'Apoutsiak fouille dans la réserve de provisions.

Le kayak et l'oumiak sont placés sur leur support pour l'hiver ; et sur l'oumiak, hors de la portée des chiens, il y a des morceaux de viande.

Apoutsiak vieillissait et ses enfants grandissaient.

Et quand, malgré son âge, Apoutsiak chassait le narval,
ses fils et les fils de ses fils
admiraient sa force et sa hardiesse.

La chasse au narval est très dangereuse. On le chasse au harpon. Si on le tirait au fusil, le narval tué coulerait aussitôt.

A gauche, tu peux voir deux canards sauvages : un mâle, que tu reconnais à ses plumes de couleurs vives, et une femelle, toute grise.

Dans le ciel, il y a trois soleils cette fois-ci. Te souviens-tu du nom de ce phénomène ?

A
cinquante ans,
Petit-flocon-de-neige
était
un vieux monsieur.

Il ne chassait plus,
mais ses fils
et ses gendres
et ses filles et ses brus
s'ingéniaient à lui rendre
la vie
plus douce et plus belle.

APOUTSIAK est en train de manger. Une de ses filles fouille dans la bassine suspendue à une poutre du toit ; c'est dans cette bassine que cuit la viande.

Un soir,
il s'endormit en souriant
comme chaque soir,
en souriant à rien.

Dans la nuit toute noire
personne ne s'aperçut
qu'il était bien content
de laisser là,
et pour longtemps,
sa vieille carcasse toute usée.

Avec ses fossettes et son sourire,
et plein d'étoiles dans les yeux,
il partit au paradis.

LA belle draperie, dans le ciel,
est une aurore boréale. On ne
peut la voir que la nuit et dans
des pays très loin au nord, comme
le Groenland. C'est magnifique !
Tu sais : chaque fois qu'on en
voit une, on reste tout étonné,
comme toi quand tu as vu un
arc-en-ciel pour la première fois.

Et quand au paradis il arriva.

il y retrouva tous les siens, tous ceux qu'il aimait bien

et
aussi ceux
qu'il aimait moins ;
ceux qui, depuis longtemps, l'attendaient,
ceux aussi qui avaient eu le temps de l'oublier...

Et maintenant
Petit-flocon-de-neige
est heureux
comme on ne peut l'être
qu'au paradis...

(au paradis

des esquimaux,

bien entendu).

DANS le paradis des Esquimaux, les Esquimaux croient trouver tout ce qu'ils désirent : toujours du beau temps, des tentes confortables, et surtout des phoques, des morses, des ours qui se promènent partout comme des amis, eux qui sont si difficiles à chasser d'habitude !

IME - Baume-les-Dames - 08-2008 - Dépôt légal : 4ᵉ trimestre 1948. - Éditions Flammarion (N° 0334), Paris, France
Loi n° 49-956 du 16 juillet 1949 sur les publications destinées à la jeunesse